Do Chris — Tadhg

Do Lulu — Írisz

Foilsithe den chéad uair ag Futa Fata, An Spidéal, Co. na Gaillimhe, Éire

An chéad chló © 2013 Futa Fata

An téacs © Tadhg Mac Dhonnagáin

Maisiú © Futa Fata

Tá Futa Fata buíoch d'Fhoras na Gaeilge (Clár na Leabhar) faoin tacaíocht airgid.

Faigheann Futa Fata tacaíocht ón gComhairle Ealaíon dá chlár foilsitheoireachta do pháistí.

Foras na Gaeilge

ISBN: 978-1-906907-79-2

Uinseann Donn

scríofa ag Tadhg Mac Dhonnagáin

maisithe ag Írisz Agócs

Futa Fata

Béar cantalach a bhí in Uinseann Donn.

Bhí sé i gcónaí ag tabhairt amach.

'Stopaigí ag gleo, a éiníní!' a bhéic sé.

'Stopaigí ag pramsáil, a choiníní!'

'Bígí ciúin, a bheacha!'

Ach ní raibh gearán riamh aige faoin sneachta. Mar nuair a thit an chéad chúpla calóg, bhí sé in am ag Uinseann Donn luí siar agus codladh deas fada a dhéanamh.

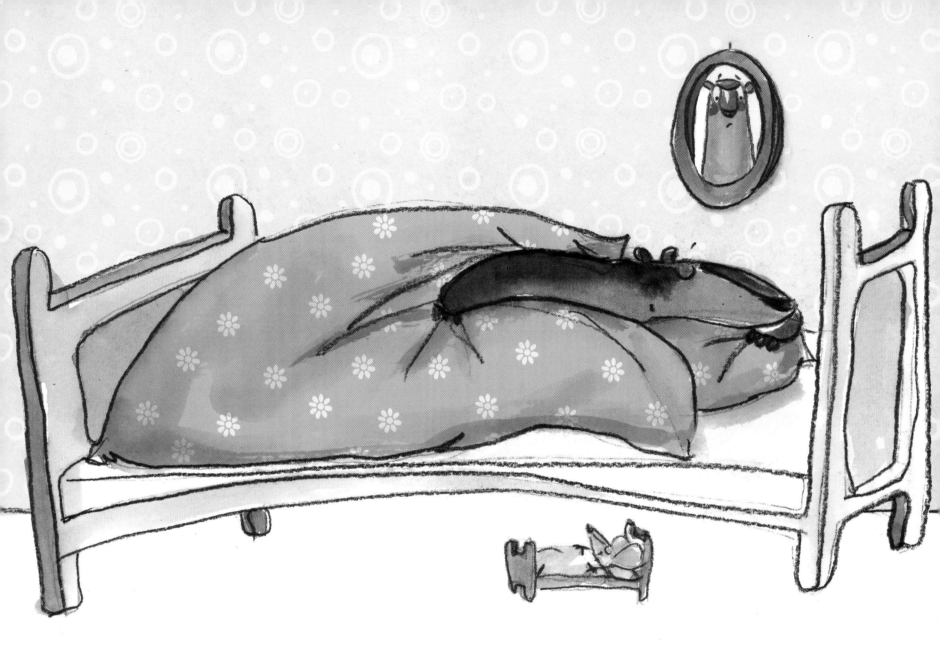

'Suaimhneas faoi dheireadh,' arsa Uinseann Donn agus é beagnach sásta.

Bhí sé díreach ar tí titim ina chodladh nuair a chuala sé fuaim nár chuala sé riamh roimhe –

scréachaíl aisteach!

'Ó go hiontach agus go hálainn!' a bhéic Uinseann Donn go crosta.

Dhún sé a shúile. Chas sé timpeall.

Chlúdaigh sé a chluasa. Ach bhí an scréachaíl ann i gcónaí.

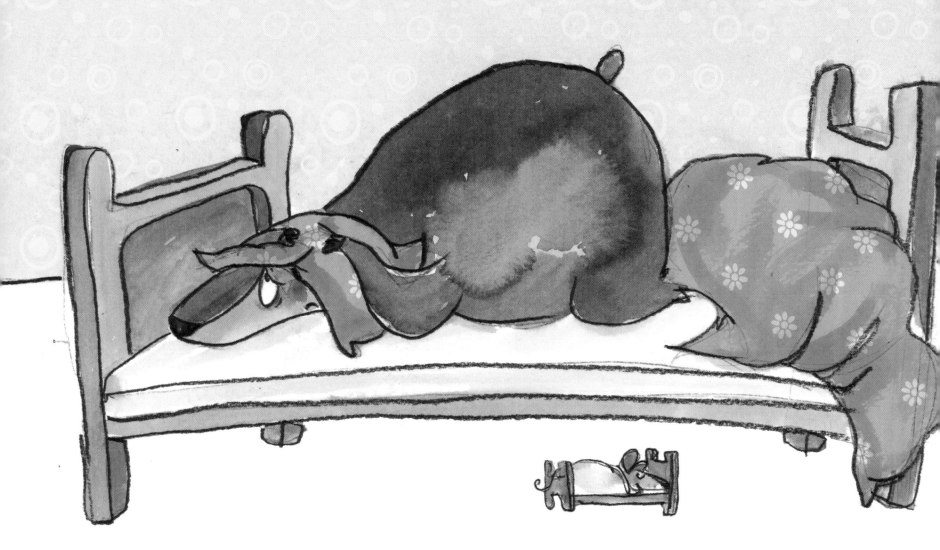

Tríd an sioc agus tríd an sneachta a tháinig sí, tríd an bhforaois fhuar,
an bealach ar fad chuig pluais Uinseann Donn.

'Fan go mbéarfaidh mise ort,' arsa Uinseann Donn, 'thú féin is do scréach!'
Shiúil sé agus shiúil sé. Faoi dheireadh, chonaic sé an rud a bhí ag déanamh gleo.

Torc a bhí ann – babaí beag bídeach. 'Stop an scréachaíl sin!' arsa Uinseann Donn.

Stop Baba. Leath an dá shúil air. D'oscail sé a bhéal – agus amach le scréach aisteach eile!

'Stop, a deirim!' arsa Uinseann arís. 'Stop!'

Ach níor stop Baba. 'Fanfaidh sé socair má labhraím
os íseal leis, b'fhéidir,' arsa Uinseann Donn leis féin.

Ansin, thosaigh Baba ag rith ina dhiaidh! 'Fan anseo!' arsa Uinseann Donn go crosta.

D'oscail Baba a bhéal, é réidh le scréach aisteach eile a ligean.

'Ó seo leat mar sin!' arsa Uinseann Donn.

'Fanfaidh sé socair má thugaim greim dinnéir dó, b'fhéidir,' arsa Uinseann Donn leis féin ar ball.

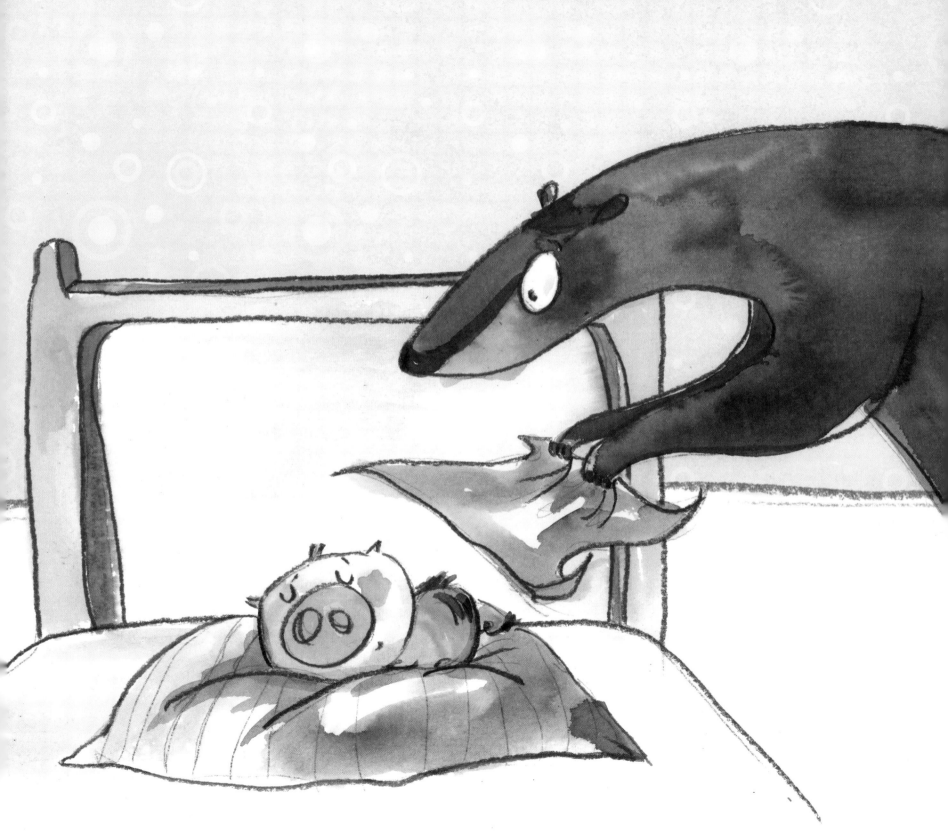

D'fhan Baba ar feadh an gheimhridh.

I dtosach, bhí Uinseann Donn ag tabhairt amach.

Ach tar éis tamaill, rinne sé dearmad a bheith crosta.

Rinne sé dearmad ar a chodladh geimhridh, fiú!

Ansin, maidin amháin, thosaigh éinín ag ceol taobh amuigh.

'Ó go hiontach agus go hálainn!' arsa Uinseann Donn.

Ach thaitin an ceol thar barr le Babaí. Amach leis de sciuird.

'Fan, a Bhaba!' a bhéic Uinseann Donn. 'Fan liomsa!'
Ach níor fhan Baba.

Bhí ceol na n-éan chomh binn, bhí na féileacáin chomh
hálainn gur lean Baba air ag rith agus ag damhsa.
Rith Uinseann Donn ina dhiaidh,
a chroí ag bualadh ar nós druma.

Go tobann, stop an béar. D'éist sé.

Is ansin a chuala sé fuaim a bhí cloiste aige uair amháin roimhe — scréachaíl aisteach!

'Mama!' a scréach Baba. 'Baba!' a scréach Mama.
Go tobann, chonaic Mama an béar. Leath an dá shúil uirthi.

Anall le Baba, é ag scréachaíl is ag gáire.

'Uinseann Donn!' a scréach sé.

'Mama! Mama!'

Tharraing Baba an béar anonn leis. 'Mama!' a scréach sé.
'Mama – Uinseann Donn!' Bhreathnaigh Mama ar an mbéar.
Líon a súile le deora áthais.

Chuir Mama agus Baba a lámha timpeall ar an mbéar.

'Ó go hálainn agus go hiontach!' ar seisean.

Ach ní go crosta a dúirt sé é.

Mar ní béar cantalach a bhí in Uinseann Donn níos mó.